물과 같은 사랑의 발자국

물과 같은 사랑의 발자국

김선웅 시집

시인의 말

60리 길을 뚜벅뚜벅 걸으며 맞이한 아침은 평온합니다.

밤새 걸었어도 하나의 점과 같지만 그래도 표석 하나 세워 놓으려고 이 시집에 넣어 놓았습니다.

생각했던 것, 사랑했던 것, 고민했던 것, 보고 느낀 것, 그리고 감동했던 것, 기뻤던 것, 슬펐던 것, 가슴 저린 것, 행복했던 것, 모두 다 토닥토닥 거리며 이어온 글자들을 모아서 한 묶음으로 엮어진 것에 대하여, 감사하며 고맙다라는 말로 위로하고자 합니다.

또 하나의 마디가 또 하나의 시작으로 가는 것이라 생각하며 응원해준 가족, 친지, 동료, 친구 그리고 아버님의 영전에 바칩니다.

2023년 가을

차례

1부

2부

3부

4부

5부

1부

• 일러두기

  페이지의 첫줄이 연과 연 사이의 띄어쓰기 줄에 해당할 경우 > 로 표시
  합니다.

비 온 뒤

나는 너가 그립다
하늘 내려앉은
그런 날
더욱더
너가 그립다.
아마도
오늘이 그런 날이다.

밤새 퍼붓던
그 비는
어데로 갔는지
자욱도 없고
그렇게 불던
바람도
나뭇잎 몇 장 남기고
없다.

짓누른 구름에
갇혀버린 비릿내 나는 맘
숨기어 가슴에 쌓고

홧병에 멍든
심장 뛸 힘도 없어
눈물만 흘려보낸다.

그 눈물
담겨줄
너가 그립다.
오늘

(2021. 7. 5.)

6월의 사랑

흰 꽃 지고 붉은 꽃 피고
연둣빛 잎 감추고
진초록 물들어
그림자 짙게 물든 곳에
청춘 숨겨놓고 난 뒤에야
이른 여름이 온 줄 알았네.

간 것도 아니면서
가지도 못했거늘
뒤돌아서서
너른 시간 보니
그것이 내 청춘이었구나.

살다 살다 보니
세월은 저만치
앞서갔고
뒤쫓아 오는 주름
골 파이게 깊게 간 얼굴
그것이 훈장이었네.

>
남아버린 시간이 있다면
붉은 장미
담에 걸어 뿌린
길에만
소슬바람 부는
숲에서
파인 주름 펴며
콧노래 흥얼거려
찍어 놓은 발자국에
세월 담아 두시게.

6월 같은 사람아!

(2022. 6. 3. 청포로 머리 감은 날)

10여 년

아! 사랑인가?
아! 마음인가?
우리가 만난 지 10여 년
널 사랑했던 그날도 오늘과 같았다.
기억하고, 사랑하고, 만나고 그것이 우리이었다.

이제 다시 널 만나니 그 10여 년이
너무 감사하다.
사랑은 늘 그랬어.
배려하는 그 속에 그 사랑이 있다는 사실
오래전에 알았지만 우린 서로를
쳐다만 봤지.
너무 알기 때문에 서로를 무시하지.
사랑의 징표는 아니지만 그 감정이
무딜뿐이지

아! 술이 그 사랑을 기억하지.
아! 그 행동이 널 기억하지.
아! 넌 제비와 같다.
아! 난 너와 비슷하다.

늘 기억하고 살지
너에 대하여.

(2004. 3. 10.)

가을 사랑

갈대 숲길에서 만난 사랑은
바람을 잡고 물어봅니다.

잊혀진 그 사랑의 소리인가요?
남겨진 사랑의 소리인가요?
다시 돌아올 사랑의 모습인가요?

아무런 답도 없이 홀연 그 숲을
스치고 갑니다.

사랑을 할 줄 모릅니다.
어떤 것이 사랑인지도 모릅니다.
마음 가는 대로 가고 있는 것 같은데
그것이 사랑이 아닌가 봅니다.

무척이나 기다리며 문을 열어 놔두어도
알아주지 못해서
마음 상처만 남고 맙니다.

사랑을 모릅니다.

그 사람은 그런 사랑을 사랑할
자격도 없습니다.
사랑을 해서는 안 될 것입니다.
타인의 마음에 상처만 줄 것이니까요.

사람이 사랑을 모르는데
그것이 사람입니까?
사랑이 사람에게 무엇인지를 모르는데
사랑할 수 있을까요?

사랑은 배려고 관심이라고 했습니다.
기억하고, 안아주고, 들어주고, 나눠주고,
생각해주고, 기다리고, 걱정하고, 격려해주고,
용기 주고, 위로해주고, 기뻐해주고, 슬퍼해주고,
울어주고, 같이 가고, 함께하는 것이
사랑이라고 했습니다.

혼자만이 마음대로.
나 혼자만이 살아간다고,
내 방식대로.

내가 하고 싶은 대로 .
내가 생각한 대로.
그것은 사랑이 아닙니다.

오늘 이 갈대 숲에서
벌어진 사랑이
흐르륵 거리며 갑니다.

한 번만이라도 부딪혀 소리 내고 싶어서…

(2017. 11. 5.)

가로등 켜진 밤

구름이 달을 가리고
밤이슬 뿌려
잔디에 수놓은
그밤

하늘 찔러 열게 하고
불빛에 녹아난 추억들
어둠 타고 길을 나선다.

굽이친 것들과
지평선 사이로 돌아서
내달린 앞바다 수평선 넘어
자욱해진 이야기

가슴에 묻었던
그 마음도
그윽한 눈빛도
달콤한 밀어도
알롱달롱한 소리도
붉은 입술로 전하는 그 말은

아마도…

(2017. 10. 7. 이슬 맞으며)

누가 주는 것

바람으로 전해지는 이 포근함
산등성이 넘어 쏟아지는 평온함
한없이 펴놓은 자연스러움
우뚝 세워놓은 아름다움
말로 건네주는 기쁨
걸어와 남겨주고 가는 기억
휘저으며 써주는 단어
고개 저어가며 알아주는 마음
쫑긋 세워 받아주는 말
넓은 가슴 흔들고 가는 눈빛
.
.
.

그것 어느 것도 다 누가 주는 것.

(2017. 10. 7. 생일 날)

가로수 길

달에 구름 가고
어둠에 밤이슬 녹고
내리는 찬 기운에
가을이 간다.

뒤엉킨 바람에
낙엽 흩날리고
남은 잎새
떨어질까 숨죽인 이 밤
휘엉 친 달빛에
서글픈 맘
낡는다.

(2021. 11. 23. 어둠 깊은 길에서)

가을 1

앞산이 불타고 있습니다.
목말라했던 지난 여름
견디고 나서더니
불이 났습니다.

펴놓은 한 폭의
그림 앞에서 쓰러지는
가슴은
지금을 담아두고 있어서입니다.

빛바랜 사랑이
이루지 못한 사랑이
가슴에 남겨둔 사랑이
설레이며 간직한 사랑이
두 손으로 담겨 놓은 사랑도…

가슴이 불타고 있습니다.
느끼지 못해서
알 수가 없어서
할 줄 몰라서

\>

앞산은 그렇게
불타며 갑니다.

(2017. 11. 5.)

가을 2

조금 전 천둥과 번개가 내려꽂히더니
소낙비가 왔습니다.

문을 닫았더니
바람이 열라고 합니다.
닫은 문 열었더니
빗물이 닫으라고 합니다.

그렇게 열고닫기를
수없이 반복하여
당신을 만났습니다.

바람이 전하는 그 마음도
바람 타고 오는 비의 그 마음도
구름 따라 넘어가는 그 마음도
한줄기 퍼붓던 소낙비도
모두 당신에게 전하는 말
당신을 사랑해도 될까요?

그런 당신을 위해서

닫힌 문 열어
당신이 오는 그 새벽까지
이슬 뿌려놓으려 합니다.
내가 당신을 사랑하는 만큼 가져가시라구

(2020. 8. 29. 상춘재에서)

가을 3

빈 하늘이 있어
구름이 소중하다.

새파란 색이 있어
외롭지 않고 고귀하다.

오늘 너가 있어
삶이 아름답고

너의 미소가 있어
난 행복하다.

그 미소가
저 하늘만 같아라.

(2021. 9. 19. 상춘재에서)

가을밤

어젯밤에 별빛이 내렸습니다
서녘 하늘 끝자리에 유난히 밝은 별
십자성 아래로 떨어지는 그 빛은
사랑이었나 봅니다

달빛이 그 사랑을 지켜보며
더 환한 한가위로 뿌려 주는 것을 보면
아마도 사랑은 그것인지도 모릅니다

이슬도 함께 하는 그 밤은
표효하던 지난 여름날 더위에 맞서 싸운
댓가로 같이 내리나 봅니다
그리움의 산물처럼

아!
사랑은 그렇게 속으로 파고듭니다
그리움은 그렇게 넘치며 만나러 옵니다
그리고
또
기억합니다 지난 날을

(2018. 9. 26. 그립다 못해 그리운 것들)

갈대

이는 바람에 널 머금고
한 올 한 올 풀어
온 천지 뒤덮어
다음날 언약하고 만다.

여름내 뾰족이며 살았던
그 잎새에
널 피워보려
모진 감내 이겨내고 나니
북풍한설에 다 떨어뜨리고
남은 가지엔 지난 추억만 걸어놓은 채
하늘만 벗 삼는다.

다 가도 남은 것은
진한 너의 땀내
그 댓가 한번에 날리어
살아있음을 고백하고
새 생명 잉태하여
못다한 설움
다음 올 세상에 피워보려

나린다.

(11. 21. 동트는 아침에)

갈대숲에서 1

스르륵 스르륵

한 점 바람에 내 가슴으로 불어와
안기어 버리고

스르륵 스르륵

흔들림에 손 얹은 손
하나되어

갈대숲에 숨는다.

갈대숲에서 2

곧게 찌른 하늘 끝에
솜털 어리어 매달아 놓고
님의 눈길 기다리어진 날
바람에 흐트러진
시선 끝에 사랑달았네.

오면 보겠지 목 빼어
내놓던 그날
님은 없고 달님 비친
강만 유유히 돌아나갔네

그 보고픔 감추지 못해
몸뚱아리 아리어
잎새로 긁었더니
님 부르는 소리만
스륵 스르륵 스으 스으

몰래 와 잠긴 그 숲
님의 사랑 강가에 노닐고
내 손 붙들어 사랑 따고

한 걸음걸음 내딛는 오솔길
님과 뿌린 정 넘쳐 내던진 말
스륵 스르륵 스으 스으

당신과의 사랑 갈대숲에 익는다.
한 평생

갑사

황금송이 아름드리 서 있는
오솔길에 걸터앉은
노오란 꽃잎에
내리는 봄빛이
익어가는 한나절.

두런두런거리며
돌아갈 때마다 떨어지는
그리움.

비 온 뒤에
젖은 황톳길에
심어 놓은 이야기들
뾰족이 입 내밀어
아름거리는 모습에
스며드는 추억.

그렇게 늙어버린 황매화가
지천으로 늘어져
눈길 잡아끌어

전화기 속에 넣는다.

저 너머로 달려 올 듯한
목소리에
익어가는 하루.

(2021. 4. 2. 상춘재에 봄이 들고)

2부

겨울꽃

눈이 온다.
탐스럽게 함박눈이
소록소록거리며

후르륵 후르륵
몸짓에 뒤뚱거리는 것이
봄을 부르고
쌓여가는 높이만큼
그리움도 높아간다.

져가는 햇살마저도
잠시 숨죽이게 해 놓고 나서야
흩날리는 것이
가슴 저미는 그와 같다.

눈이 오는 지금은
세상을 멈춰 세우고
눈 맞는 곳에서
남겨진 보고픔은
뒤덮은 하늘만 본다.

(2017. 1. 21.)

겨울비는 내리고

겨울도 울고 싶은가 보다.
추적추적 을씨년스럽지도 않게
내리는 것이

눈물인지
애흔의 흔적을 서러워
뿌리는 것인지 모르게
다 적시는 것이
아직도 남아 떠나지 못해서일까?

첫사랑 이별주에 떨어뜨렸던
그 달덩이 같았던 눈물도
이토록 차갑지 않았는데

흩어지고 날리고 부딪치고
안기고 또 품고
어루만지며 맞이하는 것도
얼음 짱 가슴도 녹일 듯이
달려드는 것이 밉지가 않다.

아마도 겨울이 떠나고 있어서

(2018. 1. 16.)

겨울 이야기

겨울 한낮
햇살 머금은 창틀에 앉아
안단테 피아노 소리에
풍경을 넣고
불어가는 바람에
잠시 눈을 감는다.

겨울이 가는 소리
봄이 오는 소리
그리고
마음이 가는 소리 죽여
넓혀 놓은 가슴 한쪽

뭉클거리며 다가오는
옛 이야기
지금은 어디에?

그렇게 가고
또 오고
다시 오고

남는 것은
너에 대한 그리움뿐.

가도 다시 올
널 기다리며
졸았다.

(2021. 1. 27. 상춘재 창틀에 앉아서)

경칩 驚蟄

햇살이 좋아 봄을 부른다.
엉금엉금 산 아래부터 불어간다.

개울가 버들이 토해놓은
한 모금 입김에 녹아내리는
울림은 지천을 흔들고

졸졸거리는 시냇물엔
하늘도 변하여 바람이 일고

가슴속 울렁거림은
새 기운을 받을 준비를 하며
위로 불어간다.

봄은 그렇게 올 것이다.
내 속에도…

(2018. 3. 3. 햇살 드는 뜨락에서)

44

고민

끝이 없습니다.
바다 속 물길만큼이나

너무 넓습니다.
머리 위 하늘만큼이나

저 멀리 있습니다.
해 뜨는 지평선처럼

던져버렸습니다.
거울 같은 수면에
천길낭떠러지 어둠속으로…

(2006. 10. 10. 지친 새벽에)

고산사高山寺

도깨비 같은 마음이
이 저녁 한때 풀어났다.
들불처럼 번지는 갈등은
이곳저곳을 삼켜버렸고
남겨진 것은 허탈함뿐이다

뼈대만 서 있는 오늘
파고드는 외로움은
몸살로 살풀이춤을 춘다.

해 기우는 절터 모서리 앉아
부처님 등 기대어
한탄 쏟아내어 봐도
가라앉지 않고 너풀거리며
천방지축 널뛴다.

너무 많이 사랑해서
흠이 되어 버린
서먹함은
속앓이 끝나고

쏟아내야 후련하듯

오늘은 그렇게
퍼부어야만 견딜 것 같다.

(2020. 2. 8. 바람만 남겨진 종탑에서)

귀가歸家

검은 길을 따라나섰다.
텅 빈 옆자리 끌어안고
어설픈 저녁
기타 소리에 얹어서

돌아가는 소리에
한 장단치고 나섰다.
가슴 하나 떨어뜨리고
천근만근이고
칼끝 베인 맘 다스리며,

같이 할 수 없어 나섰다.
한 술도 입안 담아보지 못하고
쓸려간 몸뚱아리 부여잡고
좋은 날 오겠지 하며…

(2010. 1. 25.)

그 사람 1

한 밤이어서 행복했던 시절이 있었습니다.
어둠이 친구이고,
별빛이 등대이었고,
라디오가 행복이었던 그 시절은,
지금은 하나의 추억입니다.

문풍지 울던 밤인데도
입김이 석 자나 늘어져도,
손이 곱아서 더 써내려가던
그 편지지 위에 고백했던
그 말들이 첫사랑이었나 봅니다.

오늘 밤 새벽에는 가장 크고 아름다운
보름달이 온다고 합니다.
달무리도 함께 오겠지요.
그 무리 속에 예전의 가슴도 함께
적셔 놓아야 할 것 같습니다.

친구가 오고 행복이 올 것 같으니까요.

>

행복해서 좋았던 그날들의 밤,

친구가 있어 뿌듯했던 그 시간들,

첫사랑 설레임에

오늘은 뜬 눈으로 새울 것입니다.

사랑스런 그 추억이 날 물들릴 때 까지…

(2017. 10. 5. 추석 다음 날에)

그 사람 2

오늘 밤은 친구가 그립습니다.
그냥 옆에만 있어서 좋은 친구
눈빛으로만 나누는 친구
말이 없어도 알아주는
그런 친구가 그립습니다.

그리워서 그립다 못해
목 메인 것처럼 보고 싶습니다.

길게 늘어트린 머리에
풋풋한 얼굴에
가녀리게 흘러 내리는 미소는
늘 그리움의 대상이지만
오늘은 그 마음이 더
그립습니다.

쳐다보고 있으면
나도 모르게 설레이고 두근거리는
그 사람을 만나고 싶습니다.

\>

오늘 밤 은하수 핀

그 길을 따라 꿈에서라도

꼭 만나고 싶습니다.

그래야만 내 마음도 전해질 것 같습니다.

(2019. 5. 23. 쪽지 중에서)

그곳에 가면

하늘이 높다.
구름도 하얗고
바람도 시리다.
물은 소리 내고
햇살은 곱디곱다.

이것들을
등에 지고 나선
내 발자국 소리 울림이
이 산
저 산
부딪쳐
나에게로 왔다.

서럽지 말라고
물 위에 올려놓고
멀리멀리 가라고
조약돌 닦아
반질거리게 만든 날

>
그곳엔
한 움큼
삼켜버린
시월이
놀고 있다
물소리에 흥나서

그런 곳엔
아득하게 있는 너의 모습에
젖어지는 가슴
흐르는 눈물에
너를 닦아낸다
그립다는 말과 함께

(2022. 10. 8. 익어가는 상춘재에서 햇살에 내가 놀고)

그냥 곁에 있어도 좋다

어디인지 모르는 곳에서
풀잎에 맺힌 이슬을 털고 있을 때
볼 수 없는 꽃 마음을 가진
너를 통하여 새로운
세상을 볼 수 있어 좋은 아침이다.

어디인지 모르는 곳에서 내가
물드는 그 꽃길 아래로 걸어갈 때
너를 통하여 얻어지는
가슴이 차분해지는 한나절이다.

어디인지 모르는 곳에서 네가
쌓여갈 낙엽을 밟아 나갈 때
내가 너와 함께 동행하니
마음 설레이고 사랑스럽다.

어디인지 모르는 곳에서 우리가
쏟아지는 하늘 쪽빛 쪼일 때
우리는 함께 살고 있다는 것에
부푸는 희망을 가라앉힐 수 없다.

>
어디인지 모르는 곳에서 너와 내가
마주 보며 나아가는 길 위에서
스쳐 가는 가을바람에서도
흔들림없이 함께 할 수 있어서
행복하다.

먼 산 같은 사람에게라도 기대어
가을사랑 누비고
더 사랑하자.

(2019. 9. 9. 백로가 비가 되어 오는 상춘재에서)

그리운 사람

낙엽으로 덮어버린 사랑이
사라진다 해도
여름 한낮이 만들어 놓은
나뭇잎이 있으니
그리 두렵지는 않지만
그래도 아쉬워서
돌아봐 지는 지난날들

차곡차곡 쌓여진
사랑의 이름은 지워졌지만
남겨진 흔적은
아직 그 자리에 있네

누군가 지나며
잠시 던진 눈길에
익어가는 세월은
그 흔적도 다 잊어가겠지만
그래도
그때는 진심이어서
아쉽지 않아 다행이네.

\>

가도 가도
끝없을 그 길엔
아까 넘어간 구름만큼이나
바쁘지 않았으면 좋으련만…….

(2022. 9. 4. 구름 내려 앉는 상춘재에서)

그리움

얼마나 더 작아져야 당신을 볼 수 있을까요?
바람도 주저 앉아 버린 산모퉁이에서
흩어지는 낙엽을 바라보며,
굽이쳐 가는 낮은 햇살을 어루만지며,
발아래로 내려 놓아야 하는 그 마음을
어찌해야 할까요?

소리 내어 흐느끼는 그 떨림은
지평선 아래로 떨어지는 노을처럼
천길 구덩이 속으로 던져야
당신을 볼 수 있을까요?

왼 종일 목 놓아 울부짖고
목 빼어 하늘 닿을 때까지
발꿈치 세워서 올려다 본 뒤에도
그 보고픔은 가라앉지가 않아요.

어둠 내리는 길 위에
새겨놓는 당신의 그림자가
다 지워 지워도

별로 떠서 바라보다가
청회색 새벽이 와야
당신을 볼 수 있을까요?

오늘만큼은 황금 달로 떠서
당신이 오는 그 길 가운데로만 비쳐
사뿐 사뿐 달려오게요

(2018. 2. 2. 노을진 상춘재에서)

그리움의 끝자락

뭉실 구름이 가는 곳은
아마도 그리움이 있는 곳
끝까지 가도 다 못 가는 곳엔
그리움을 감추어 놓은 곳
하늘 끝

낯설어서 부는 대로 가고
수줍어서 느낀 대로 말하고
살포시 들어 본 그리움
창공에 뿜어
그린 그 사람

덥스런 입가로 밀려든
모습에 녹아들고
숨 넘길 때마다
파고드는 추억들
하늘 닿을 듯 솟구친다

버려야 채워지듯
비워 나가는 하늘 넘어

빛스런 광채는
널 닮아서 오늘
서녘 끝 별로 뜨고
길게 늘어진 그림자 따라 간다

어둠따라 간다
하늘 끝 그 넘어로⋯⋯.

(2018. 8. 11. 상춘재로 넘나드는 구름 앞에서)

극장

참말로 덥다.

숨을 쉬고 있으면 한 움큼 쳐들어 오는 열기에
가슴이 팔딱거리고 내젓는 팔끝에는
땡볕의 성질머리가 물어뜯고
내딛는 발끝엔 쳐올리는 마그마 새끼들
머릿속은 그린의 잔디.

덥다. 그냥.
말하며 내뿜는 화염
태워버리는 지난 것들
그 뒤 따라오는 처짐
오늘은 그것들 버리고 처마속 그늘에 서서
총쌈할까 보다.

시간은 어찌 갔는지 모르고
기웃거리며 맞이한 끝자리
조금 더 편해보려고
메뚜기 놀음하다 결국 그 자리로 돌아간 시간
그냥 첨부터 그 자리에 있을걸…

\>

문 밖을 나서면

다시 부는 열대야

별들이 던지는 사랑이것지…….

(2016. 8. 12.)

3부

기다림

사랑이 있기에
눈물이 있어요.

지금 누군가를 생각하고 있기에
그리움이 있어요.

그런 내가 있어서
우울하지 않아요
아마도 그것은
난 지금 누군가를
생각하고 있기 때문입니다.

어젯밤은 천정에
얼굴을 그리다가
잠이 들었어요.
꿈속에서 오라고

꿈이
꿈이 아닌 듯
곧 가까이 올 그를 위해서

벚꽃같은 길을
만들어 놔야겠어요.

(2019. 3. 20. 상춘재에서)

기우제

지천이 불났다.
온 하늘이 탄다
구름 태워 바람 일고
바람 태워 비도 태웠다

칠월 불던 고기압은
북녘 한쪽에 꽈리 틀고
남쪽 이는 훈풍은
매일 휘몰려 남으로 쫓겨
비릿한 땀내음만 풍긴다.

먼지나게 터덜거리며
쏟아졌으면 서럽지 않으련만
원망, 한 솟아 서슬파란 맘
둘 곳 없어 땅에 묻어
곡식 죽인다.

올 것이냐?
안 올 것이냐?
너도 서럽거든 부어라

＞
하늘아래 서러운 세상에 뿌려
한바탕 씻어
썩어 문드러진 곳
구릿내 나는 이 땅에
새빛 새물결 일어
빛다운 세상에서 살아보게
씻어보렴

불탄다.
메말라 탄다.
한 맺히게 탄다.
사람도 타것다.

(2018. 8. 2. 상춘재에서)

꽃 피는 동산에
― 환갑還甲

홍 붉은 작약꽃 핀 개울가에
싱그런 햇살 나리고
굽이쳐 가는 물살에
추억하나 담겨 보냅니다.

코 무쳐 입가 튼 살
보살피라고 달아준 손수건에
때가 낀 줄도 모르고
오십이 년이 지난 지금
백발을 더해 육십 년을
올려 놓았습니다.

해 놓은 것도
하지 못한 것도
하고 싶은 것도
많았던 시간에
지금은 추억만이 남겨져
미소에 담아
웃음꽃만 피워내고 있습니다.

\>
다 시들기 전에
얼굴 보고
눈웃음 진 눈가에
파인 주름은
내 것이 아니라고
말하고 싶습니다

아직은
그렇게 늙지 않았다고
꿈 많던 소년 소녀들처럼
해맑은 얼굴이라고
말하고 싶습니다.

비록
세월은 갔지만
남아서 반겨줄
시간은 지금부터 오나 봅니다.
사랑 신고
행복 담고
건강하게 살자고

다짐하는 맹세에
더 느리고
더 천천히 오라고

백발이
검어질 때까지만
늘 웃음 짓고
늘 감미롭게
따뜻하며 즐겁게
그리고 편안하고 평화롭게
상쾌하며 활기차고
흐뭇하고 기쁨이
넘치는 하루 하루가
나의 전부이길 바랍니다.

(2023. 5. 14. 친구들의 환갑을 기념하며 상춘재에서)

꽃

내 마음 갈 곳을 잃어
바람에 맡겼더니
휘몰이 되어
솟구칩니다

흰 꽃, 보랏빛 꽃, 빨간 꽃
향기에 취해서
판 벌인 밤은
별들처럼 축제였지만
남은 것은
어둠 뿐이었습니다

보내야 된다고
맘 먹고 청한 잠은
그리움에 적셔지고
그 어느 것도 놓을 수가 없어
눈시울 적시었습니다

그 향기 모두 아름다워
진해지는 추억이지만

이제는
모두 바람의 꽃으로 날리어야 하나 봅니다

그래도 하나만큼은
간직하고 싶습니다
휘모리 친 뒤
박혀버린 내 가슴에…

(2020. 4. 29. 갑천변 아침에)

꽃다발

내 자리로 와서 있습니다.
단단하게 뽐내며 와서
꿋꿋하게 드러내는
자태는 누굴 닮았는지
곱기만 합니다.

밤새 먹은 그리움 때문인지
잎 하나가 어깨를
쭉 펴 나를
다 먹어버렸습니다.

그런 당신을
따라 가 볼려고 합니다.

(2020. 4. 24. 상춘재에서)

꽃이 된 별

어젯밤 낯선 벤치에 앉아서
떨어지는 가로등 빛에
마음껏 울었네

그리 오래되지 않은
그때를 기억하면서
흐느끼었네

좋은 곳에서 있을 거라는 생각에는
지금이나 그때나 똑같지만
오늘은 더욱더
사뭇치게 그립네

잊을 수야 없겠지만
그래도 잊어 보려구
눈을 감아봐도
솟구쳐 오르는 그리움은
별로 떠 있고
밤바람에 살랑거리며
지나가고 있음이네

\>
다 가질 수가 없어서
비어 놓은 자리는
방금 눈물로 채워졌고
보고픔에 파낸 상처는
아물지 않은 가슴을
확인할 수 있었네

돌아갈 수 없는
시간과 공간에
아직 존재하고 있는
내가 있기에
기억하는 나무를
심은 밤이네

더 까맣게
깊어지기 전에
나도 나서야겠네
놓고 가는 벤치에
너를 앉혀놓고

(2023. 7. 22. 어젯밤 너를 그리며)

꽃이 지고 난 자리

밤새 휘적이듯 불던
바람이 잦아들 무렵
떨어뜨린 꽃잎이
수놓은 길가 모서리에
모여 수다를 떱니다.

모질게 사랑하고
가슴 뜨겁게 엮어가며
마주한 날들이
첫눈 맞이하고
붙여 놓은 정
다섯 해를 넘기었고

애써 숨겨놓은 마음에
꽃잔디 심어서
표했던 봄날
꽃이 집니다.

모진 바람이
휘감아 버린 그 자리에서

떨어뜨려야 했던 그 순간에
베어버린 심장이 처절하게
흐느낍니다.

누구의 잘못도 없지만
누구를 원망도 하지 않지만
영원할 것 같았던
세월이 역류하여
솟구치는 눈물에
하염없이 담깁니다.
내 가슴
가장 먼 데까지…….

다 채울때까지
마르지 않을
내 눈물은
한거름의 밑이 되어
혹독했던 그 순간을
아주 오래토록 간직하며
꽃이 진 자리에

새순을 돋구어
따가운 오월에
그늘이 되고
싶습니다.

어젠
그냥
흐르는 마음을
통제하지 못해
물이 되어 가도록
놓았습니다.
굽이 굽이
오래 오래
흘러 가라구
꽃잎 태우고서…….

(2023. 4. 10. 상춘재에서 맞는 꽃은 후배님의 앞길에 늘 봄날 같기를.)

꿈

산 중턱에 걸터 앉은 지 오래인
구름 한점
능성이를 따라 오른다.

밤새 먹은 꿈을 모아서
줄 달아 데려가는 것이
아마도 나쁜 꿈들이었나 보다.

그렇게 보고파서 쳐놓은 그물엔 허탈하게도
그 사람 얼굴 하나 없어서
팔지 못한다 했다.

메마른 눈물 자국만이
반기는 아침은
왜 그리도 허전했던지…

다행이도 비가 온다.
눈 뜬 이 아침에
얼마나 감사한지 모른다.
서운했던 그 마음에

>
다 올라가면
또 그리워해봐야겠다.
내일은
꼭 팔어봐야지
그 꿈을……

(2017. 8. 15.)

꿈이어도 사랑할래요…!

녹음이 이토록 눈이 시리게 타오르는 날엔
쏟아지는 그리움이 있습니다.

이팝나무 그 향기에 피어난 그리움
눈을 뜰 수가 없을 정도로 보고픔에
한 밤도 잠 못 이루었습니다.

작은 바람에도 마음이 흔들리고
길게 늘어지는 그림자에도 흔들리고
떨어져 있는 그 마음에 흔들리고
흔들리는 마음에
하나 되지 못해 아쉽기만 합니다.

매일 꿈에서나 만날 수 있어도 사랑할래요.

사랑다운 사랑을 하지 못한다 하여도
보고파서 그립기만 하여도
꿈과 같은 사랑일지라도
사랑할래요.

(2014. 5. 5.)

나들이 뒷말

눈가에 주름이 잔잔해져
눈꺼풀을 덮어주고
흐려진 초점에 세월을 넣어
영롱하지 못한 눈빛에
가을을 담습니다.

나이 차이가 나서
아무것도 할 수 없다하여
떨어진 낙엽도 밟을 수가 없습니다.

쇼윈도우에 걸려 진 코트는
겨울로 갈아입었지만
아직 다 가지 않은
가을이 있기에
다가가 봅니다.

함께라면 걸쳐보고
어울린지 맞춰보며
나눈 이야기는
밀어로 변한 가을일 것입니다.

\>
늘 함께하지 못한 설음이
오늘은 눈물이 되어 흐르고
쪄민 가슴은 쓰리기만 하여
바람에 둥굴고 맙니다.

떨어지는 낙엽따라
아쉬움도
보고픔도
그리움도 가나봅니다.
황량한 가슴만 남기고…….

(2018. 11. 16. 상춘재에서)

나들이

나무들 사이로 호젓이 내리는 눈길을 따라
마음도 갑니다.
산등성이로 향하여 퍼붓는 눈을 맞으며
마음을 맞추며 갑니다.
한굽이 돌아 또 한굽이 포개러 갑니다.
그 마음을 담기 위하여
얼굴에 뽀하는 그 눈을 버리지 못하고
자꾸만 내밀어 사랑을 담으려 합니다.
내 가슴에

차가운 손
주머니에 넣고 갑니다.
그 속에서 사랑을 전하려….

등뒤로 눈바람 맞으며 갑니다
차가운 바람 내 품에서 피하게
뒷걸음 치며 갑니다.
널 향한 내 마음 뵈러.

(장태산. 내 사랑 난영과 함께 한 후)

난 사랑할 줄 모릅니다

난 사랑 할 줄 모릅니다
아니 서툽니다.
한 번도 사랑 받지 못해서인가 봅니다.

난 사랑할 줄 모릅니다.
사랑다운 사랑을 해 보지 못해서입니다.
무엇이 사랑인지 몰라서
그런가 봅니다.

난 사랑할 줄 모릅니다.
퉁명한 말과
표현 못하는 몸짓
고맙다고,
감사하다고,
보고 싶다고,
그립다고,
사랑한다고
내뱉지 못하는 마음이
때론 밉기도 합니다.

\>

난 사랑 할 줄 모릅니다.
늘 받기만 하고
늘 원하기만 해서 그러한가 봅니다.
늘 주기만 하면
사랑할 수 있을까요?

사랑하고 싶습니다.
아주 많이많이
사랑해 주고 싶습니다.
당신이 원하는 만큼 차고 넘치도록….

난 사랑할 줄 압니다.
남들처럼 애절한 사랑도 느낄 수 있습니다.

지금이라도 사랑해 보려 합니다.
그러면 나도 부자될 수 있을 것 같습니다.
아니 한 사람을 진심으로 사랑하고
사랑받고 싶습니다.

마음 가득히 주고

마음 가득히 받고 싶습니다.
이 한 해가 더 가기 전에
꼭 말하겠습니다.
사랑한다고….

(2018. 12. 25. 상춘재에서 사랑받고 싶은….)

날이 참 좋습니다

출장에서 돌아오는 길에 맞은
저녁바람이 넘 좋아서
가로수 밑 길을 따라 걸었습니다.

나무들 사이로 비껴가며 나아가는
소리는 어둠을 달고 갔으며,
가로등 불빛을 흐트러지게 만드는
잎들은 바람을 일으키고,
나아가는 발걸음은 잠시의 나를
돌아보며 갔습니다.

피부로 스치는 써늘한 기온이
넘 좋아서 자꾸만 흔들고,
머릿속으로 채워지는 그리움은
보고픔의 극치를 이루고 말았습니다.

밤새 걸어가도 끝나지 않을 것 같은
이 그리움은,
아마도 사랑의 길 위에
놓아야 할 것 같습니다.

\>

오늘은 그런 저녁이 참 좋습니다.

(2018. 6. 16. 한낮 상춘재에서)

남쪽 하늘

햇볕 드는 창가로
찡하게 못 박던
겨울바람이 간다.

빛도 부드러워서
녹이고 떠나는
바람에
얼어붙었던 지난날
그 자리에서의
그리움이 일어나고

한 올 한 올
짜여진 마음에
새겨놓은 미소는
양지바른 창가로
옮겨지고
뭉굴 뭉굴 거리는 모습은
일렁거려
그리운 맘 숨길 수 없어
매화나무에 묶어두었다.

\>

춘설 그치고

얼음 녹인 계곡물 따라서

가다 보면

너가 있는 곳에

닿을 수 있어

빈 하늘에 길을 낸다.

남쪽 하늘 끝으로……

(2023. 1. 23. 춘절을 지내고 나서 상춘재에서)

내 어머니

밤길을 뛸 수가 없다.
가슴 먹먹해서

뛰는 심장소리에 어울진
이 그리움 하나

몰래만 하는 보고픔
그냥 있으면
흐르는 사랑.

말 한 마디 그 사랑
듣고싶어
설친 그 밤.

날 새면
"사랑한다. 딸!"

가슴속에 영근다.

(2012. 6. 12.)

4부

내일

그대 떠난다고
슬퍼하지 않을래요
마음은
저리고 쓸쓸하지만
지난 시절은
행복했으니까요.

낙엽 다 지고
앙상한 가지에
걸린
청회색 아침도
희망이 있잖아요.

보낸 마음
아파도
올 마음
벅차게 부는
바람에
또 다른
꿈을 꾸어요.

\>

빛 오는 시간

설레임

넘치는

가슴 열어

놓을께요.

미치도록

뛰면서….

(2022. 12. 4. 새벽이 오는 상춘재에서)

내 친구

고맙다
고마워

먼저 갔으니
쬠만
기다려
곧
갈테니

이젠 아프지 마
절대로
다려진 고통
인고했던 시간들
걱정스러웠던 생각
안쓰럽던 사람들
모두
담고 가면
무거워서
못 가니
다 던져놓고 내려놓고

가.

그래야
하늘나라에
가서
편히 쉬고 있어

달 별
다 떠서
까만 밤
보석으로
빛나오는
이 초여름밤
난
널 그리다
지쳐
잠들테니

(2022. 6. 13. 보내는 맘/ 너무도 복장 터져서/ 눈물만 고인 친구가)

널 부르는 날

눈가 잔주름
조금 뿌려서 웃음꽃 필 때마다
드러나는 얼굴에
늙어간 마음 표현하고

어제 살짝 터트린 목련꽃처럼
뽀얗게 드러내는 그 맘
살랑이는 봄바람에 실어 보내서

다져진 순백한 맘
부어오른 복사꽃 몽우리처럼
앙증스럽게 드러낸 것이
더 사랑하게 만든다.

드러내 보이는 잇몸에도
입가로 번지는 미소에도
늘어트린 머리카락에도
녹여져 있는 널
지금에서야 안는다.

>
이제서라도
널 안았다는 것이
기쁨에 젖어 녹아내린 가슴에
길을 낸다.

(2022. 3. 26. 상춘재에서)

노을

다 타고 넘어갈 때까지
거기에 있었다.
까만 돌만
빛을 발하고
부서져야 우는 소릴
파도는
삼켰다.

다 태웠을까?
아직도 태우지 못한 것이 있을까?
남겨 두어야
낼 또 태울 수 있어서
그냥 넘어갔나?

아직
남았나 보다
까만 가슴이
어둠에 삼키지
못하도록
드러 눕는

햇살이 있는 것을 보니

챙겨서
나도 누워야겠다.
다 넘어가면

(2022. 6. 6. 까만 밤이 오는 상춘재)

늦은 저녁

빗방울이 창을 두드려 전합니다. 비가 온다고
가슴에 묻어놓은 그리움을 꺼내달라고 말합니다.
두 팔 벌려 놓은 대문에 걸터앉은 고사리 잎에
빗물 달아놓고 기다립니다

창문 뒤로 숨은 그대에게
지금은 영롱하지만
그때는 열정이 넘치고 가슴이 따뜻했다는 것도 전하려 합
니다.
그 모습도 한 장의 사진으로 액자에 담겨
이젤에 걸려진 화폭은
이 저녁 사랑으로 담깁니다.

젖어서 더 따사로운 곳이지만
그곳에 가 있는 사람은 더 따뜻해서 풍성해 집니다.
부족한 사랑
더 뜨겁게 올 때까지 있다 와도 좋을 것 같습니다
해가 뜰 때까지라도

(2023. 7. 23. 후배가 올려놓은 풍경에 대하여/ 상춘재에도 비가 옵니다.)

단발머리 1

오늘밤은 친구가 그립습니다.
그냥 옆에만 있어서 좋은 친구
눈빛으로만 나누는 친구
말이 없어도 알아주는
그런 친구가 그립습니다.

이국 멀리 온 낯설음인지 몰라도
그리워서 그립다 못해
목 메인 것처럼 보고 싶습니다

짧게 쳐내린 머리에
풋풋한 얼굴에
가녀리게 흘러내리는 미소는
늘 그리움의 대상이지만
오늘은 그 마음이 더 그립습니다.

쳐다보고 있으면
나도 모르게 설레이고 두근거리는
그 사람을
만나고 싶습니다.

＞
오늘 밤
은하수 핀 그 꿈속에서라도
꼭 보고야 말겠습니다.
그리고 말할 것입니다

(2018. 8. 18. 세부)

단발머리 2

날 저물어 가는 나절
차곡차곡
쌓여가는 어둠 밟고
나서는 길에 그리움도
짙어만 가네

누가 왔다 갔기에
불빛만 남고
그림자는 길게 누웠고

덧니 사이로
뿜어지는 미소엔
한 움큼 삼킨
눈가 웃음
황홀하다.

감겨버리는 왕눈이
초롱에 감겨
겨울밤 한기도
녹아내려

가슴에 묻고

보고파 자른
앞머리에
매달리는 마음
두드릴수록
매어지네.

(2022. 2. 7. 길가로 내몰며….)

당신을 보러 왔어요

당신을 보러 왔어요
살금 살금 몰래몰래
달 뜨는 그 밤에
넘실대는 파도 따라서 왔지요.

웃는 모습도
미소짓는 입술도
눈꼬리 치켜 뜨는 눈썹도
먼 수평선 바라는 눈도
모르게 왔어요.

내 달음질 친 그 밤은
달빛 밟으며
스치는 바람을 따라
당신을 보러 왔지요
꼭 있을 것 같아서…….

흩어지는 어둠은
더 그리웁게 만들고
이슬 퍼붓는 밤은

더 간절하게 만들어서
천 길 가슴속에 쌓여갑니다.

보고싶습니다.
중추가절에…….

(2019. 9. 15. 상춘재에서 – 할멈 산소 성묘 중)

당신이 그리운 날엔

당신이 그리운 날엔
방금 비 온 뒤의 숲속으로 갑니다.
혹시 그 빗방울에 당신의 마음이
같이 왔을지 모르니까요.

시리도록 가슴 저리며
담아 두었던 사연을
씻겨 보낼 때의
한없는 외로움을
숲속의 언저리에 놔 두었기에
다시금 가는 것이지요.

항상 옆에만 있을 것 같으면서도
항상 옆에 없었던 당신이지만
그래도
그리울 때는 이렇게 찾아 나섭니다.
보고파서 눈물지으며
걸었던 그 길에서의 사랑은
늘 보고파집니다.

>

흐르는 강물 위에 펼치어진
당신의 그리움은
청량한 숲 향기에
녹아듭니다.

(2018. 3. 23. 봄꽃 쏟아지는 춘 삼월에)

당신이 서 있는 그곳엔

봄바람 술렁거려
뒤돌아 본 하늘은
온통 짙은 파랑입니다.

말도 못하는
나뭇가지만 흔들며
소리치는 소리는
절규입니다.

비록 표현하지 못해도
숨 틔우는 손짓은
벌써
솜 송이 부풀어 올렸습니다.

붙잡는다고
잡아매어 논다고
여기에 있겠습니까?

하늘 끝에 매달린 햇빛도
이제는

늙어서 여려지는
지금
그 속에 넣어
키워낼 것을
따사로움이 반깁니다.

다 지나간다고 하여도
남겨지는 그리움은
아마도
당신 뿐입니다.

못다 했던
그 순간들은
저 하늘 끝에서
내려올 것입니다.

지금
당신이 서 있는
그곳으로…….

(2023. 2. 20. 상춘재에 바람이 불어서)

동지

왜 그러고 있어
가지 않고
누가 온 데?
바람도 차갑구만
이렇게 최고로 추운 날

어여 가
어둡기 전에 가
밤 되면 안 보여
해지기 전에 가

늦게 가면 기다리잖어
해찰하지 말고
곧장 가

어여 가…….

(2021. 12. 28. 동지를 여섯 밤 보내고)

떠나는 사람

꽃비 오는 날
텅 빈
벤치에서
마주하는
바람에
말을 건넸더니
벚꽃이
답한다.

철쭉이 온다고.

그리고
무작정
기다렸더니
화려한
봄날이
지었다.

(2023. 3. 29. 봄이 마실 온 상춘재)

떠나는 시간 앞에서

뒷모습까지 붉게 물든 단풍잎이
가을을 미치게 만들고
누군가를 그리워하며
꿈을 꾸는 일에
참으로 행복 합니다

위부터 떨어진 낙엽은
이불을 만들고 길을 덮어
고즈넉한 그리움이 넘칩니다

한참 동안 그 길을 따라 걸어보아도
지난여름 무성했던 마음에
단풍물이 들어 황홀합니다.

발끝에 채이는 추억들마저
곱게 물들어 그림이 되고
미소가 절로 나와
기쁘기만 합니다.

이제는 다 놓고 갈 수 있을 것 같습니다.

버려졌던 것들도 담아서
가슴 속 깊은 곳으로 넣어
녹여 낼 수 있을 것 같습니다.
떠나는 시간 앞에서

(2018. 11. 8. 가을 비오는 상춘재에서)

떠나야 할 널 붙잡고

연무가 그득 나리는 날
넌 떠나야 할 준비를 하는가 보다
사십여 년 정든 고향
추억 펼치어 놓고
아직 이른 이별 연습을 하지 않을 때인데
너의 육체는 하나, 둘 떠나보내려 애쓰고
주변 것들은 안타까워 숨죽이고

깜찍한 아들, 딸 모습 그리워
가슴 쓸어 담아낸 미소만 머금는 입가엔
사랑하는 아내의 눈물뿐.

슬퍼도 슬퍼하지 말자.
그가 왔던 그 길로 다시 가려하나 보다.
아무도 말릴 수 없는 널 보내고
너와 함께 했던 그 순간들은
이제 어찌해야 한단 말인가?

사랑하면서도 표현하지 않고,
기쁘면서도 웃음 참아낸 것이

이런 것이야.
눈가 깊이 패인 주름 사이로 흐르는 눈물
널 보내려 함이 아니야.

난, 이별 연습하지 않아
넌, 아직 가서는 안돼
우린 못다 한 것들이 있잖아
사랑해야 할 일과 너와 함께 할 일과
방긋 웃는 아이들을 맞잡을 두 손과
사랑하는 님이 있기에 연습할 수 없잖아.

조금이라도 깊게 숨 내쉬어
입김으로 이별연습을 녹여다오. 전부다.
지나온 길 덮어두고
또 다른 사십여 년을 가보자.

(2003. 1. 13. 정규를 보내고)

5부

만재도

파도가 부셔가며 돌아간다.
왔던 그곳으로
다시
숨 고르게 펴고
다리 펴고 내려놓고 나면
한결같이 고요한
그곳으로

낯선 곳에서의 하룻밤은
사람을 만났고 땅을 익혔고
길을 따라 올랐으며
사는 법을 알아서
가슴에 넣었다.

왔던 바다를 또 가르며 간다.
누가 먼저 갔던 길이지만
지금은 내가 간다.
언제 다시 갈런지 모르겠지만
고요하고 적막한 섬
파도가 쉬어가는
그곳을 거기에 놔두고…….

(2018. 4. 28. 만재도 나오는 날)

무기수

"아! 그랬구나."

녹음이 물들길 시작할 무렵 던져진 그 말!

"모든 것이 헛되고 헛되다."

희망을 놓아버린 하늘엔 초여름 봄비가 시작되었고
싸늘히 식어가는 가슴엔 절망이 움트고
가슴 다친 곳엔 시퍼런 멍만 가라앉아서
남겨진 그 말.

이십여 년의 가슴에 품어온 사랑 하나
너무 작아서 밟아 없어지고
으깨어진 마음엔 포기가 물들어버린 시간
모든 것은 헛되고 헛되다.

한 줌의 재로 대변한 삶의 여정
사납고 잔인했던 가슴에 던져진 희망
사랑이어서 더 설레이고 설레이어서
더 간절했던 삶.

>

순박으로 잠식될 때 남겨진 의욕
갇혀진 창틀로부터 날려진 자유
꿈틀거리게 만든 사랑의 열정
오직 하나만의 희망으로 다져진 육체
그리고 행복.

다시 태어나면 이 마음 이 사랑으로 교화되어
"모든 것이 삶이고 사랑이고 행복이 되다"라는
말이 뿌려질것이다.

(2015. 5. 1. 어느 기사 속에서)

물과 같은 사랑

흐르다가 다시
모이는 것은
물이고

채워도 채워도
다
채울 수 없는 것은
사랑이나 보다.

오늘
되돌아오는
그대의 눈길

바람 타고 오는
목소리는
우리가
사랑을 시작하는 시간.

(2018. 2. 10. 봄이 들어오는 상춘재 뜰팡에서)

미소

아주 오래된 것처럼
짙어지는 구름이
산등성이 따라 내려옵니다

어젯밤 고운 달빛이 왔던
그 길인데
가랑비 내려 닦아놓은 길을 따라
그리움도 옵니다.

내 기억보다 더 오래된
그리움은
보고 싶어서
더 애타는 사랑
가슴속 여미어지는 것은
미련이 남은 사랑

휘몰아치는 바람에
감겨 나가는 얼굴
한껏 안아보고 싶은 것이기에
다가가서 입맞춤합니다
내리는 달빛에

(2018. 9. 21. 가을비 온 뒤 常春齊)

발자국

눈 오는 이 아침 길
조심 하라구
소로소록 떨어지는
저 함박눈에 가던 길 멈추고
찍어놓은 발자국 위에
널 얹어 놓는다.

선명했던 그 발자국이
쌓이는 눈에
또 사라지고
사라진다 하여도
널 향한 그리움은
오래토록 그 위에 있을 것이다.

세상을 바꿔놓을
그 눈도
매서운 바람에
콧등이 갈라져도
숨겨진 그 마음
또 찍어 놓고

또 찍어 놓고…….

오늘은
춤추는 함박눈에
너와 발맞춘
발자국이
삽재를 넘어 갈 것이다.

(2021. 1. 18. 상춘재에서)

벌써

"벌써"라는 말이 잘 어울리는
2월입니다.

겨울 같지 않은 1월을
엊그제 보내주며,
석달 그믐밤의 아쉬움에
숨도 잦아들지 못했는데
벌써 음력 새해라고 하니

대문 밖 담장에 기대어
뭉글거리며 붉게 꽃봉오리
맺은 명자나무,
찬바람 딛고 나서는
매화나무엔 흰 봉오리
햇살에 젖어
벌써 피려합니다.

성묘하러 나선
양지 바른 밭둑에
퍼질러 앉아서

숫구친 달래가
봄을 말해 주는 듯
희망도 불러줍니다.

봄은 그렇게 오고 있으며,
가슴속 한기도 떠날
준비를 했고,
대문에 걸어둔
입춘대길立春大吉
건양다경建陽多慶으로
빌고 있습니다.

새 것으로 부터의 시작일 테니까요.

(2019. 2. 6. 上春濟에서)

병풍

허락지 않은 수평선 위에
널부러진 해무는
솟구치는 햇살을 가려놓고
날름거리는 파도는
지평선도 먹어 버릴 태세로
넘나드는 바람을 휘감고
맞이하는
만재도는
고즈넉하다.

(2018. 4. 27. 만재도 뒷 바위에 올라)

보고파서 걸어갈 때

참 덥다
깊은 산중에 이슬이 내리고
청회색 아침엔 빛이 내려
적시는 가슴에 보고픔이 있지만
이 아침은 혼자서 나선다.

갈 수 없지만
바라보이기에 뛰는 발걸음
난 너가 그리워 뛰었다

스치는 바람에 널 묻고
비치는 그 햇살에 날 묻고
던지는 발걸음에
그리움 움켜쥐고 나선 아침
널 그리다 지친 밤
그 밤의 여운이다.

구름은 중턱에 있지만
넌
정상에 있고

샛바람 넘는
고갯마루엔 나도 있어
외롭지 않다.

바다 넓은 그 맘대로…….

(2018. 8. 10. 늦은 밤 길거리에서)

봄

오늘 당신은 사랑비와 함께 오고 있나봅니다.

늦은 저녁으로 가는 길목에서도
산 아래 길 모퉁이에서도
담장 넘어로 뻗어 나온 매화나무에서도
돌부리에 이는 먼지에서도
굽이굽이 돌아가는 마음속에서도
맞을 준비를 하고 있습니다.

햇살부신 창가에 마주 앉은 나무에서는
앙상한 가지만 남겨져 있고
겨우내 바람맞고 눈비 맞아서 작아졌지만
그리움은 남아 있다는 것에
존재감을 세워 놓을 수 있어 다행입니다.

아직 다 가지 못한 겨울을
위로하며 가슴 쓸어내리지만
전부는 다 전할 수는 없고
아쉽고 안쓰럽지만
그래도 살아나간다는 의미 하나는

내밀 수 있어서 얼마나 기쁜지 모릅니다.

그렇게 쌓여 놓은 그리움들이 모여서
그 겨울도 몰아 내줄 것 같아서
작은 주머니 매달아 놓아볼까 합니다.
아쉬운 것이 있으면 던져놓고 가라고…

다 가버리고 나면 아마도 당신은
열어 놓은 문으로
타고 넘어 올 것 같으니까요
그립다 못해 눈물이 흐르는
볼 위엔 당신의 포근함이
차고 넘칠 것 같아서
가슴 부풀어 있습니다.
보고 싶습니다. 그리고 설레입니다
당신이 오는 길목에서 서성거리면 오시겠지요.
이 저녁 다가기전에…….

(2019. 2. 27. 상춘재에서)

봄날이 가고 나서

뭉클해진 가슴
놔둘 수 없어
넓어진 잎새에 달고
늘려진 그늘에 숨기며
내딛는 발걸음은
무게만 가중된다.

울컥해진 마음
풀어낼 길 없어
쳐다본 하늘엔
잿빛 구름만
가득한 하늘이
더 짓누르고

누가 보아도
푸르른 산등성이에
망울진 눈 속으로
파고드는 보고픔에
멈칫거리며 뒤돌아봐도
뵈는 것은 허전함만

쌓인 아침

다독거리며
찍어 누른 가슴에
맺혀지는 그리움은
밤새 뒤척이며
새기었던 모습의
잔재물

다 보내고
비어버린 마음에
비릿한 떨림은
다시 시작할
첫걸음.

(2023. 5. 4. 상춘재엔 녹음에 젖어들고)

비 오는 밤

비 온다
이 저녁
빗방울이
속을 건드려
울렁거리게 만든다.

지겹게 오는 것 같아도
이 소리엔
정겨움만 남는다.

지나왔던
시간들도
녹아들고
또각거리는
낙수 소리에
밤이 익어
가슴에 안긴다.

그리운 그대
품속처럼

푸근하고
아늑해서 좋다.

이 저녁
빗소리.

(2020. 7. 27. 비오는 상춘재에/ 밤이 걸터앉고)

비워지는 마음

오늘은 서리맞아 떨어진
낙엽 오솔길에서
빈 하늘을 봅니다.

나뭇가지 사이로
청회색 하늘가 끝에
걸리어진 가을이
청명하게 서 있습니다.

언제 왔는지 모르지만
그 밤에 그렇게 왔나 봅니다.
이슬 밟고서

또 떠나려고
이슬도 많이 먹고 있는 것이
금새 가겠지요.

오기 전에 갈 준비를 하는 것이
안타깝지만
그래도 서운하지는 않아요
버리고 가니까요.

(2021. 10. 26. 상춘재에서 햇살 들기 전에)

비 오는 아침

후두둑 후두둑
터진 창가로 님이 오는 소리
어둠 헤치고 다가와
전하는 사랑의 느낌

밤새 참았다가
쏟아내는 그리움
모두 먹고 나서는 길에
남기고 간 말
사랑해.

님 깨워 전나무 위에
걸린 눈치우러 가자고
밤새 기다렸거늘
그 눈 대신하여 내리는
아침 비.

보고파
사뭇치게 뜯어가는
그 비에

님 따라 와
남은 잎 밟으러 가잔다 하네.

비 오는 아침 비 사랑비.

빗방울 세며

빗방울 세며
저녁을 맞습니다.

하나 둘
던져지는 숫자만큼
색칠도 익어가고
낙엽도 지어
가을색으로 바꿀
산하가 넘실거리고

이 비 끝 뒤
나설 하늘은
두렵게 파랗고
구름도 비켜주는
그 파랑에
눈이 부셔
감은 눈빛 사이로
그리움도 익어집니다.

흩어지는 빛은

가슴을 어루만지고
길어지는 그림자는
보고픔의 잣대로 남고
떠오르는 달빛은
풍만한 설레임으로 남겨
가을을 넘기고 있습니다.

붉게 타 올 가슴에
진정하지 못해서
살포시 눌러놓고
돌아서야 될 것 같습니다.

(2018. 9. 1. 빛이 부서지는 저녁 상춘재)

사과

길 위에서 너를 만나
지는 노을을 가슴에 담고
누워 펼친
흰 백 천위에 수를 놓았다.

한 땀 한 땀
넣어질 때마다
아롱지는 눈웃음에
새빨간 심장
뜀박질을 한다.

불을 뿜는 화산처럼
용암이 흘러갈 때마다
남겨지는 그 자욱이
천년을 갈 듯이
깊게 굳어지고

시커멓게 타 버린 마음
놔둘 길 없어
들고 오른 밤하늘

구름 위로 뜬 달이
앞서간다.

아직 갈 길이 아니었는데
더 있어도 좋았는데
더 있어야 할 것 같았는데
돌아서 오는 몸
뒤돌아 훔쳐 흘린 눈물
폭풍우가 되어 뿌린다.

젖은 가슴
마르기 전에 돌아가
널 다 채우지 못한 가슴
멍들기 전에
오늘은 별로 떠
너를 만난다.
깊어갈수록 사무치는
너의 미소.

(2023. 1. 17. 상춘재에서)

김 선 웅

김선웅 시인은 1963년 9월 20일 충남 논산 연무에서 태어났다. 1991년 충남대 지질학과를 졸업하였으며, 현재는 (합) 유앤아이 대표사원으로 역임하고 있다.

김선웅 시인의 첫 번째 시집인『물과 같은 사랑의 발자국』은 그의 삶의 역사이자 그 기록이라고 할 수가 있다. 그가 "생각했던 것, 사랑했던 것, 고민했던 것, 보고 느낀 것, 그리고 감동했던 것, 기뻤던 것, 슬펐던 것, 가슴 저린 것, 행복했던 것"(「시인의 말」)을 모아서 그의 60평생을 너무나도 아름답고 순수한 서정시집으로 묶은 것이다.

이메일 kwoonge@hanmail.net

김선웅 시집

물과 같은 사랑의 발자국

발   행   2023년 9월 15일
지 은 이   김선웅
펴 낸 이   반송림
편집디자인   반송림
펴 낸 곳   도서출판 지혜, 계간시전문지 애지
기획위원   반경환 이형권
주   소   34624 대전광역시 동구 태전로 57, 2층 도서출판 지혜
전   화   042-625-1140
팩   스   042-627-1140
전자우편   eji@ji-hye.com
            ejisarang@hanmail.net
애지카페   cafe.daum.net/ejiliterature

ISBN   979-11-5728-519-8   03810
값   10,000원